U0070141

果林夜話

南隙 —— 著

推薦序

馮冬

　　南隙詩集《果林夜話》誕生於明亮交錯的微縮地形，「我」，如小王子，坐在過小、多風的行星上，看著不遠處的星辰劃過那僅僅屬於一個人的夜空。偌大空間內，只有為數不多的「我們」陪伴著我，在這宇宙級的荒涼與孤寂中，我們試著生火做飯，相互照顧，講故事給對方聽，「互相借一些冷暖」。這從我到你，再返回至「一」之單獨狀態的時刻，這在我們之間循環的非閉合性時間，乃是世界敞開之原初機遇，也是詩人遊戲的場所，而那些或動人、或哀傷的生活場景，也正是詩人嘗試去理解、去棲居於這本質上與認識和感受並不合拍、甚或帶來傷害的世界。如此棲居嘗試，在南隙這裡，因其低於一般感知之語氣與色度，具有了「閾下」特徵。某些事物的碎片未經意識之整合就直接進入，如「雲影佈滿暗房」、「小學生在冷鋒中起飛」、「一個家庭推揉著擠進天空」等等陌異感知時刻，在此，意象脫離形象的凸顯，慢慢沉入背景。這向著暗處、向著基底、向著意識與物之交接地帶的喃喃低語以至喑啞無聲的決心，反而使南隙的詩句具有相當的辨識度，令他從眾多詩人中脫穎而出。

　　南隙的詩初讀如童話，然而越讀越像「黑童話」或「反童話」。正如藝術家夏卡爾將包括革命在內的各種現實持續浸沒入其畫作的童話夢境氛圍，南隙同樣把一切記憶與事件拋入一種看似童稚、卻可怕地真實的超現實語境——一個個微型爆炸。這些語言斷片透露出一個人最初遭遇世界時的驚恐，幼年之經驗；

相較而言，成年人的日常經驗大多陳腐不堪，生活越是重複，遭遇也越為不可能，而孩童對痛苦和快樂更敏銳，孩子眼中的世界是常新的、時刻變化著的，離天國的福分更近。然而，南隟既剝離巨大的成年狀態之偽善無為，也向讀者表明，人在世必有所承擔，有所操勞，哪怕一日三餐，也暗含著食物的悲哀，也承受著難以下嚥或如鯁在喉之物，某種「非食物」的餵養。南隟很早就具備獨立的個體意識，一種智慧早熟的憂鬱語氣充滿詩篇。況且，與常人有異，詩人不僅承擔自己的生活，還要以童真之心去承擔整個世界，如神話裡的擎天神。「宇宙」詩化後進入日常，被納入城市、家庭、廚房，進入一個個具體化的情緒之中。

　　不難看出，南隟在此顛倒或改寫了童話的邏輯：幸福的允諾讓位於苦難的允諾，英雄主義讓位於反諷之英雄主義，天真之於經驗、善之於惡的精神勝利法讓位於一系列暗示性的非完整觀察，這在南隟稱之為「意象輯」（南隟是為數不多擅長營造不可複製之意象的漢語詩人之一）。以哲學家巴舍拉的方式，一切存在者，包括房子、器具、微縮之物、動植物，都有說話的權利，沒有哪一個聲音是壓倒性的，而這諸多客體之共同在場具現了巴舍拉所言的「內在浩瀚感」。南隟詩裡確有一種罕見的「物體的民主」，星星可以咬自己的籠子，屋頂的瓦片也可以沸騰，這些獲得生命與自主性的客體無疑極大地增加了「家庭」的範圍，而棲居也轉變成與萬物同在：「天地廣闊了／獨居就更難」。風雨雷電、地水火土等自然力量被詩人超自然地重新組合，與生命體感應，成為棲居的元件，而每一首詩都可讀作從某種「心的氣候」裡倖存。有時，星星離得比人更近，有時，一切飛入半空。童謠般語氣所透露的，乃是存在本身的臨時與巨大，以及世界自身的無目的性乃至多餘。對詩人來說，世界「太多」、「太

大」。然而詭譎地，不可化約為意義的形體已四下出現，被抽離的東西又再次返回，而痛苦與快樂都時刻呼籲著自身的完滿，一切亟需重新講述。

越理性的人，往往越無法在理性中獲得安頓，他必尋求比理性更為猛烈且瘋狂之物。我讀南隙的詩，感到了內在的瘋狂，感到詩人欲出離「人性」而走向「它在」的慾望，這似源於理性在把握世界時想要僭越自身的那股衝動，如哲學家笛卡爾懷疑自己的身體可能是玻璃做的。南隙對哲學（康德、黑格爾）的一手閱讀，對辯證法之於生活的始終貫穿之領悟，再加上他對建築以及造型藝術的持久偏好，使他能夠以詞語構築一個個思緒與體驗的半透明殼，這既滿足了理性反觀自身的要求，也呼應了理性衝破自身的純粹而進入經驗領域，進入形而下乃至夢的領域的迫切慾望。一種可觸的、肉身化的辯證法瀰漫於整部詩集。哲學之於南隙，並非一種直接的寫作資源，而是勘察萬物之流變的那只眼，而同時，藝術又將這些流變形象化入諸多構型。可以說，哲學看穿了在世的幻覺，而藝術卻苦苦持守這幻覺，這特別的張力，從認識之盲點而來的觀看，使南隙詩作與同時代人的作品區別開來，也可見其不凡的才華。

真正的詩人如紅寶石一樣罕見，然而在公眾白晝般的目光中，他必然不可見，必然隱入暗處，惟在無人之處，他的詩句才會散發出異樣的光彩。我步入南隙的詩集，如步入另一個斑駁的記憶與生活，如握著一雙可與之交談的真實的手。

自序

　　寫一首詩是一件事，不斷地寫詩是另一件事，前者是構建，後者則更像在體驗一種解體——比如駕駛一輛逐漸散架的車，零件掉了一路，最後只剩一個人赤身露體，握著脫落的方向盤，用一雙肉腿奔跑——需要在乎的事情越來越少。當然，這並不意味著某種大道至簡、一切變得輕而易舉，寫詩仍然是件很難的事情，而且正在越變越難，這也是因為我們只能用身體奔跑，而肉身是脆弱的，會累，也會受傷。

　　概括這個集裡的東西是另一件很難的事情，因為它們不是某種原理、某種信念的演繹。勉強比喻的話，它就是一條道路，是那輛一邊前進一邊自行消解的車留下的一路殘片，或著蛞蝓爬過遺留的黏液——我赤腳去過很多地方，有的寒冷有的炎熱，有的柔軟有的堅硬，皮肉在哪裡受傷，哪裡就留下痕跡，我按自己的方式給這些地方一一起了名字，其中之一、我逗留得最久的一個地方，就是果林。

　　現在我也不在那裡了，也許以後我還會回去看看。

目次

——— 往信

密涅瓦之魚

南隙／繪

白湖

1.

起床後，昨夜睡前聽到了些什麼

已經記不清了，外面下起了雨

在柏林，冬天有這種雨

陰雲勻實，灰藍

從地上各處的煙囪裡

緩緩吸氣

它馬上呈現了每一輛卡車內部的溫暖

而孩子也有了圈禁的興奮

有車開過，隔著廚房也聽得見了

2.

柏油和倉房都起著漣漪

小如黴菌。零碎，雜亂，但呼應著

海的提示

雨不大，但看來長長久久

十年二十年，它們會生長

連結成整片海

我們要造船嗎？可秋天的皇帝已經坐到了樹上

柏林的地下河有沒有一顆火焰之心呢

3.

這是一種吃飯的雨
它吃下所有泛黃的東西，但不急於消化
到處散落著，等一切都成了海
你就知道哪裡是水，哪裡是島嶼
吃飯的島嶼，於是也零零碎碎

4.樺

有一些個子特別高的
仍站在雨裡，一把一把地
花完今年的自己，露出
雪白的手腕，瘦得駭人的手
握在一起，彷彿一種決不散步的信念
它們站在一起
看著今年的自己
已經鋪在地上
讓跑者踩得嘶嘶作響

5.

一架忍飢挨餓的飛機
爬升起來，它的尊嚴閃爍著
爬出風雨，進入傍晚的航道
這時員警也閃爍著，郵差也閃爍著，消防員
也閃爍著，徘徊在街上
異國有異國的炊煙
所有人都要吃飯
也請你不要忘記這裡，這裡有海

夜餐

消失的回來
變成食物

年前爸爸在水裡遊
在岸上呼吸

後來，很多月亮生了出來
他終於數不動數了

媽和我商量了幾晚
決定把他做成一道魚頭

一開始有些手忙腳亂
月亮
平鋪在油上
有些幸福的樣子
加熱，酒少許，小爆炸
還打擾不到鄰居

後來他輕巧地
沸騰了一夜

小蠑螈

梅子呢，隱約爆炸的小神
夏季的龍忽明忽暗

自從天氣變熱
更多人消失了

他數數睡覺，睡覺做夢
做夢變了一條蠑螈
我羨慕他

夜裡
運動會
無人時仍在進行

小水患

在小小的城裡看蓬勃的雲
好多天
像喝水

有時廣場上
很多人一起抬頭，但沒有煙火發生
也沒有乾爽的聲音被碾碎

誰不抬頭誰就是密探
有幾個，跟了我好多年
他們真越長越像我

真可怕，這城裡沒有一條河
沒有水
水只能從販賣機裡買來
雪白的，很確切的水
黃昏時也鮮亮

沒有水，沒有灰塵
有草坪
但沒有泥土

沒有泥土就沒有溫暖

夜餐

星星咬它的籠子
星星和蚊子
住在樓裡

品嘗和輕輕咬
擺小小亮堂的一桌
數數臺布暗了幾次
數數豆的焦慮

芭蕉只說看不見

哪有一支箭
射向星座和星座的鐵條？

明明是紙片做的房子
明明是歡歌刺進宇宙的肚子

姐妹

電影院在雨裡
她們在電影院裡
摸梅子吃

電影院裡也是雨
嘴裡也是
每顆梅子都是一場暴雨

一路走回去
平安的雨
住進毛衣裡

現在領子袖子裡都是你
你是誰呀
不生病的好姐妹

淋浴，煙霧警報

我們把盒子變小

南隙／繪

密涅瓦之魚

我死的那天，陽光如風
親友們穿上白色羽絨服
變成羊群，站在遠處數數
無數天窗掛在高空，每扇後面都有一片雲
雲，把我們蓋上又打開，像魚湯裡的
矮小，乖巧，充滿期待，我們把一根針
遞過來，遞過去
扎破自己前，笑著握握手
我們都是這樣，充滿滋味
一觸即潰
你臉上，魚湯做成河
魚在裡面遊
我們是魚，在自己做成的魚湯裡
回味另一條冷水河，我們的家鄉

故事

殺死河流的不是太陽
而是更多的水
有一天大水會來
所有河流相互抵消
河床在海底
只是床
我們睡在上面
聽一隻鬧鐘講故事

它說
殺死鐵軌的不是扳道工
而是時間
你見過嗎？
一整個下午，它拿著刀子在你眼前晃
枕木追殺枕木
一千張相片同時顯影
不管你手裡還剩下些什麼
攢好，要進站了
一小片煤礦閉緊眼睛
月臺上，戀人們相互抵消
我不是戀人
我在故事最後的最後
在雲的疼痛的核心

我是一顆太陽

我殺死河流

我殺死鐵路

很多年前的某一天

我見過你們倆的影子

在地上隱隱發熱

西湖軼事

1.

童年都扔在這裡
你記不清就更迷人

發生過什麼？這些水
如今富裕得像油
入夜前也有片刻遲疑

是不是我在你脖子上掛過長頸鹿？
是不是我牽著我的棉衣站在萬花叢中笑過？
掛曆上我們像不像兩株要好的毒蕈呢？

今天已經在失明邊緣了
湖邊遊客們都驚呼了起來

2.

林子裡，很多名字站在一起
因為天就要黑了
顏色和形狀都要消失
很多名字
有的叫花，有的叫葉，有的叫脖子

有的叫美人
有的叫岸

像地裡冒出的煙
遊客一般不留意它們
我們願意湊近看看
但天要黑了，火車也許要開
大家的手機都在溫和地失明

3.

他們倆飛跑進今夜最亮的通道裡去了
他們扒上一輛火車飛走了
他們有四條腿，四條飛舞的飄帶
為了抱住禮物
只用一隻手摟著車頭
你可知社會提速有多快
這浪漫的城市之光

還是不敢相信的話就大口呼吸
杭州的風口在火車站頭頂，在人行天橋
每個人都有橙色的記憶
浪漫的城市之光

貝塔，貝塔

1.

起飛後難受的是媽媽
她明白你要去找爸爸，而爸爸要燒死你

你知道嗎，貝塔
我其實一直都恨那些小鳥
它們飛起來毫無牽掛，不像我
我是有罪的

夏天復興著，救濟著一切
一切都優美起來，我也快了
你快去炸死他們吧，貝塔
有一天我會死在花叢裡
然後終於夢見你走的夜路

2.

它是無辜的小坦克手
小動物都不喜歡它
可它是無畏的小坦克手

我們被偉大照耀著不能睡覺
坦克手很小卻走很長的路
它是我的希望
它會一直走到我們夢寐以求的夜裡
一直走到誰也看不見的溫暖裡

3.

貝塔，貝塔
你把炮彈填進黑夜
星星倒灌出來，變成我的詞

遠離童話，遠離兒童，遠離節日
他們歡騰的時候你撕下城市
我會送吃的給你，貝塔，我知道你住在柏林的側面
我想你給我講講地上的事
講講光明怎麼消耗氧氣
行道樹怎麼骨折，小號怎麼滿天飛舞

你不會和我說話
你是鐵的好騎兵
你是不飛的，只有你真知道奔走意味著什麼：
每一步都弄痛你的路

4.

天使進城了，外面亂得很
我們還是變回兩隻老鼠
好不好

為什麼你的洞裡沒有媽媽呢，貝塔？
我想像你一樣飢餓
我想像你一樣生氣

貝塔貝塔，你是最好的
世界上所有的鋼鐵都為你而生
你去替我炸死他們，好不好？

5.

有一天我夢見我的老師
還有一天是我爸

現在的我不是以前的我
我在高高的天上，在金色的蜂巢裡做客
他們從燃燒瓶倒出蜜來
說我是新的英雄

太陽，一天又一天
死去活來的金蜂巢
永遠的勞動模範

它要來做我的老師了！
我不願夢見老師
飛得太高，我看不見你了
我只知道你還在那裡，四處破壞
貝塔
我甜蜜的、倒退的愛情

6.

我摔倒啦，貝塔
不過我還好

這裡也有你沒見過的東西
幾百公里長的晨昏線，成天停在我家樓頂

一塊蛋糕偷偷看我，它說不要相信雲
不要相信不能吃的溫柔

星座卻再也看不到了，它們印在地裡
是你的禮物

有雪景的八個夢境

1.雷雪

夜裡馬在跑
我們都明白，它在跑

穿好衣服
去隔壁幾條街看看
我們互相借一些冷暖
借借還還，深夜算帳

深夜有白色的蹄

散步時，多穿幾件衣服
我們把一些關節
黏在一起
天上就快要掉下東西來了

我們的白馬
現在站住了

2.

我夢見在一條淡綠色的長廊
等你下班

大雪像每個新時代
大雪剛剛開始

室內現在變得像馬廄
偶爾有人趕馬進圈
興奮而抱歉，手裡捏著帽子
一閃而過

下班後我們怎麼回家呢
你的同事們
就要飛揚起來了

他們的飯菜熱乎乎
他們的臉黑魆魆

3.烹飪

笑星
在另一間屋子的收音機裡
講故事
當時大雪紛飛，信號不好

魚一輩子的夢想
是在一個熱水澡裡澈底放鬆
我看見它
它在和自己的肉告別

廚房窗外是停車場
停車場外
是森林

魚去了那裡

他說，要當一個舞蹈家
我說不清那時劇場裡
有多少沸騰的人
他們都告別了自己的肉
一起去了森林

4.植物啞劇

臺上臺下
一棵看上去更有精神的水杉
一片普通的水杉

老套路
精神的水杉
表演一棵麻煩不斷的水杉

聖誕節，別別別

普通的水杉在暗處
哄堂大笑
每根松針都哄堂大笑

5.

自從電話線斷掉
天就越來越冷

我們吃幾隻餃子
它們看起來像兔子
開膛後卻是職業食物

大雪，養兔場
有幾隻滑到邊緣
我們從廚房牆上看到
假的梅裡雪山

從沒下雪
天只是越來越冷
好像在等一通電話

6.

雪在夜裡出沒
窗外
大團黑的物質
讓它們不自由

下午開始
雲就填滿鎮子
汽車有些淚眼汪汪
走不動，很著急

下雪就是
有的小孩放學，有的孩子留班

在走廊上等你那會兒
我就暗暗下了決心

7.白馬拉車

八十年代那會兒
他們把暖氣片漆成檸檬色
塞到寬大的窗臺下

供暖
就是全城燒一壺開水
一種全城的默契

煤也不說一句話
水也不說一句話

大火從高處跳下來
一群工作人員接住它
毫髮無傷

現在馬上去窗邊抽支煙
還能看到傳聞中的白馬拉車

給暖氣片捧哏的
所有亞熱帶植物
看各自的電影
誰也不理誰

8.算雪

一屋子昏暗的人算數
外面下著雪

我從走廊上看不見黑板
不過
他們在算同一道題

先是一個人抬起頭來
他把鉛筆狠狠拍到桌上
木頭隱隱作痛

他指著我
於是別人也看到我了
他們都盯著我
我意識到，我就是那題的答案

後來是哄堂大笑

哄堂大笑

在夢裡，我咬了牙

不同他們一起

給夜裡的人

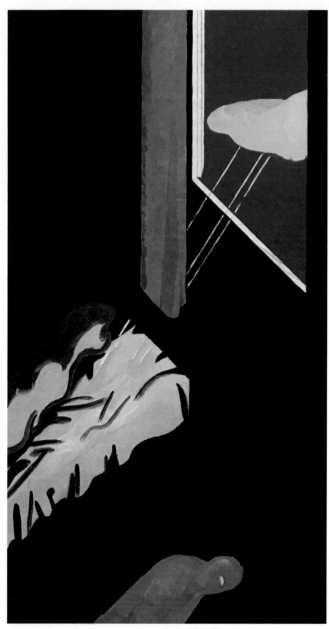

南隙／繪

給夜裡的人

1.

它們拿走你的眼睛
你不要著急
反正天已經黑了
吊燈如水
我喜歡你茫然一片

眼睛扔到石子地裡去了
從此它們自由走路
從此石頭只能看見石頭
不要害怕
去讀
讀所有能看到的
但不用去看

我讀給你聽：夜裡
石頭怎樣渴死自己
灌溉楊林
楊林怎樣吊死自己，但風一來
它們又好像一條河流

讀所有顏色
讓它們從此不再鮮豔，但響亮
像一連串驚喜深入夜空

我給你讀星星
它們像你一樣
瞎了眼，但放著光

2.

你要知道，夜裡我是真理
夜裡我比白天更白

他們一一站在盒子上等我
他們是紡織品之王，能滲透一切
晚上他們水光瀲灩
汽車來一趟
潮水就來一趟

進得去的全是謊言
平面的真理才能測量
夜裡
世界在他們臉上

臉一一掛在牆上
像一些快要到來的日子

3.

誰下個月回來
你能狠狠傷害日曆一次
我還記得，認識這樣的人

一個被孤立出來的日子疼
顫起來，像一小片楊林
就在兩里外，比一顆痣還小
可發起癢來屋裡都聽得見

我想像過它們的少女時代
腕子上刻著劃痕，但沒死成
夜裡仍舊唱歌
仍舊洗衣服

夜是不會流走的，因為我是無限
就算春天跑個不停
樹還是站一整天
像認識一樣

4.

餓了要起來做吃的
砍倒楊樹，拿它的歌可以煎熟一整條魚
就好像還在河裡
那條河分出杈子
流過鎮上時
到處販一隻假鍋
不要相信，一條河做不出一個圓
它們恨月亮

夜裡我有鑄鐵的希望
它會慢慢變熱，然後是楊樹死了紛紛的歌
這時候要輕輕爆鍋
夜自有夜的條理
一條分岔的河，一把梳子
出城之前
沒一條河不恨月亮

5.

沒有飛機的夜裡勇氣從哪裡來
需要地圖

需要知道鐵道從哪個方向刺進城市的肋

街道又如何餵著那道疤

繼續生長

一種寧靜生活也許就在一段刃最年輕的位置

那地方閃爍著，是個會死人的道口

時時刻刻，播報著

火車要像強盜一樣經過這裡

火車要像感恩節一樣經過這裡

庭院於是毛骨悚然

在失去飛機和星星的夜裡

神又小又矮

飛蛾的肚子，又大又白

6.

白天最友好

如此有限，以至於可愛

大不過一個三角形

再減去鴿影就小得可憐

比列印機更溫暖

比喉嚨更安靜

它會一直照到天井底嗎？
今天那孩子收到意外的禮物，是一捧碎鏡子
整個下午他都想刺暈我
我和我高高的閣樓

可是火車再也不會來了
今天
我聽見郵差和銀子
在路上相互避讓
像四月

住在雲的內窺鏡
有人關心你，叫你不要走遠
因為炮彈落在遠處

炮彈落在遠處
遠處
太陽睡在綢緞莊

7.

數數是件正事
就像長大和死
我看過很多人數數

有次，在一條船上
我看見他數數
那海就只盛一床水

還有一次我自己數數
我許了願
希望一直有腿，一直可以跑
連雲也殺不死我

人工湖

怎能不親近它們
鴨子在水面享受動蕩，也許
會撞到彼此
像原地旅行
也搖晃一車人的興奮

一棵樹默許另一棵
原來這種交頭接耳一直感染到了林子遠處
風吹來嗜睡症
風在上面是安全的被子
個子越高越溫柔

一隻金色鏡頭刺進來
說：來，顯影
蚊柱幻滅
世上正在散失熱量
身世也越說越不明朗
水面伸進深空
一顆星的命數變動了一下
總之很小
看看
這不是湖
是一片小小的括號

南隙／繪

橙

我們會有鰭和鰓的
百葉窗也會呼吸塵土
因為漫長
旅館房間，幾個世紀

一開始還有我的痛苦
我想從視窗下去
後來你勸我
去床上擁抱化石
下午還有一點

在旅館，古訓是
更換
日子的制服
走進盒子深處
一些光休息著
廣播點點滴滴

紫

有時夜晚是紫色的
一筐茄子那麼紫

小區坐落在山坡
小道上，消食的鄰居們忽遠忽近
來來去去
好像他們腳下滑溜
而地面是某種
溫熱的冰
有時他們被輸送到路燈下
紫
就擦亮油光

有了他們的生活
夜晚就是立體的
輸液也是這樣
許多管道上下
來去有星星，也有行人

白

天上有人說話，還有人來回走動
貝塔
他們輕輕地交談，聲調像讀早報
對的，夜深了是白的
就像底片，或者舊衣服
都要洗，要漂，還要曬
那人一邊愛護著木頭，一邊
從房間一頭走向另一頭
去碰另一個人
手裡的玻璃
他們笑了一陣，馬上又乖起來
閣樓上還有閣樓
貝塔
我們在一個沒有水的世界

這時我們可以聽見蚊子和轟炸機
在天上說話
靜靜地，但是空襲
貝塔，但是全城的人
都愛護木頭
走路小心翼翼，恨不得變成球形
城裡的居民，趁員警走神
全悄悄變成了保齡球

滾過自家的木地板，那是國慶日後
第一個星期天
會走路的人統統躲起
太陽在路上灑傳單
保齡球，地板，木頭裡不屈的水分
鄰居學彈鋼琴
不斷有東西掉在地板

轟炸機在天上怠工
還有梨樹，它們是一樣的
都從上面撒下東西
新聞裡說，有個人外出很久，回家，植物長滿了客廳
貝塔，城裡的天使
幸好都曬死了
居民全變了保齡球
冰冰涼，在家慢慢滾動

現在
街道在城裡遊行
植物園，動物園
鸛在歇業的動物園洗腳
柏林動物園，漂滿浮冰
猴子在猴山迷路

我們浸泡在超市的二十四個小時裡
像水母，末梢神經會痛
慢打招呼，小心握手

貝塔，你就算是我的羽絨服
也塞滿了冰涼的羽毛
或者我的猴山，企鵝館
那麼我在衣服裡迷路，頭頂懸著我們永遠的閣樓
挖銀礦的工人們在那裡談笑
抽煙，又撥開輕煙
對的
他們在深處找到了白
午夜的核是一小片正午
或者說，正午只在夜裡
它從白天長出來
但在夜裡表演
在一小片融化的舞臺，銀子
咳嗽，撥開煙
天上的人很輕，也有禮貌
他們的鞋印巨大，讓雲也飄起來
我住在一個調快的掛鐘下面
我的眼瞼漫山遍野
長滿梨樹

小於世上所有的柵欄

告密者在雪上展翅
撲兩下便降落，高不過一米
山谷裡再沒有回音的餘地

下一次嘗試之前，先讓整個世紀
從頭頂經過。冰川在排隊
領取下半場千秋大夢的糧票

樺樹，被我故意留下的線索
扯走電力，陣列輕輕失靈
上升的時候，看見一頭正在變暗的野鹿
它的路徑折疊下一個夜，流亡者的火和鯨脂

峭壁如書籍般無言
他們連咆哮也不再會了，只會被吹開
正如發夢的浮屍困在霜河
永遠釣不到北海大魚

起飛前，它混著飢餓
匆匆咽下逃生的竊喜，
肺葉搶著結晶，無人的幸福
蒙在一面小鼓裡，悄悄炸開

再見。風洞裡
我是最後一組失效的數據
我轉身以後
他們再也別想找到
那段凍紅的三角鐵

果林，果林

1.

酒也不在心上，況且貧瘠
果林入夜是有燈火的
在燈火祕境
睡著的人
有一張哭臉

蟹腳縫破光斑
籠子打量聾子
紅著圓眼皮，皺著圓眉頭
灣流中抱緊一條綿延的被子
怎樣祝福它呢
外面的世界已經開始收割了
你的船卻不肯堅定

2.

被子在夜裡破漏
在白天的深處，它的夢翻動起來
換季了，我們把它塞回衣櫥
取出新的薄厚，長短
安頓新日子

幹這活兒要兩人合力

像鋸一段

滋味豐厚的木材

我們各自在反光的另一頭品嘗它：

遙遠，堅定，木屑飛揚

四個角瞬間變成八個角

對折前

抖平所有不順利

午後太陽從中央升起

能把所有孩子都變成隧道裡的花朵

你媽媽沒有說過

你像一條魚

但你的興奮

卻愛了每一股波浪

這裡是每一處都可以躺下的波浪

在白天深處，從一個房間抵達另一面鏡子

再也別怕曲折，別怕窗簾太溫暖

那些繡花

落山時統統通透一回

3.

只有果實屬於我們
果實，屋頂，堅實的牆，一扇
瞭望的窗子
麻醉了的滿山麥子
人們豐收，忙碌，變暗
在地上
變成一些低語的體積

外面
世界太多
火車太長，海太大
只有果實屬於我們
果實，頂棚，懸崖上
一扇瞭望世界的祕窗
他們不肯借我們聲音，只剩下聲音的
嘈雜的殼
我們也就學會了聆聽殼，學會抵禦海浪

4.

窗不是個好主意
要開放，就要被攻陷
日落已經作了屋子的主
我們只好不出聲
由它從一頭走到另一頭
走進鏡子

我堅強的屋子也倒下了
爐膛裡流出光的心腸
甜點老了也會分泌傷心的螞蟻
我們也可以就那麼癱坐在地
棋也不下，格子也不數
太陽窮了就走出了它們的路

橘子國王夢見大海
夢見一眾水兵
提燈造反
口裡唱著長長的號子
太陽窮了
我們再也買不起燈的衣服

5.

小狗對你好
整片地板都親近起來
這種小小歡騰在夢裡裁了窄窄一角
地上的小太陽
你是我溫熱的甲板

泥土裡的東西都肥
就算月份太長，腳忘了腳趾
根不再固執
它們也都是果實
如果天氣冷，我們要保護它
因為火也有心，湯也有眼
肉也是一個家庭
扇子撲在燈泡上
也是話語

天氣還沒冷下來
我夜夜都聽著它的消息

6.

月亮是好果實，好朋友
最好的投手
月亮坐有坐相
月亮最完滿
我離它兩行遠，像蝦在夜裡
可以富裕一整條河
河邊有的房子生，有的房子死
死了的房子變成隧道
進去是火車
出來是蠟燭

聽說白馬在裡面洗他的頭髮
進去是水
出來是蠟
但是記著
一次只能照亮一片瓷磚

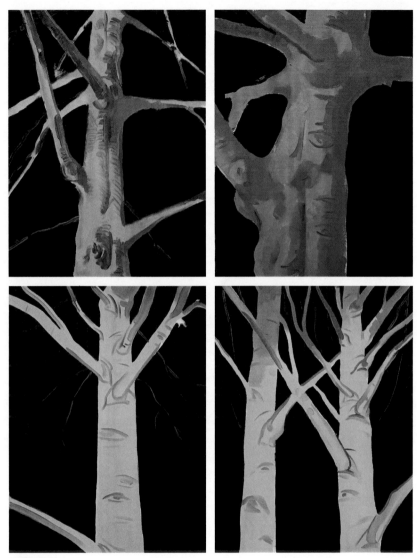

南隙／繪

四月之一 · 果林夜話

四月，果子匆匆落在頂棚
伴幾點冷雨
我們一邊算數一邊入睡
我那片果林
提防著世界的減法

四下都有折斷的東西

足不出戶，我們是建築的心聲
比如，我聽出
頭頂有兩棵樹
昨天凌晨，一場疾雨經過它高高的頭髮
裡面一陣驚惶，騷亂
一個家庭推揉著擠進天空

小學生們在冷鋒中起飛
多麼堅強
窗玻璃上，在你刻畫疤痕的同一位置
飛鳥把我們的眼瞼
曬成一場電影

四月，飛鳥伸開雙臂擁抱我們的電影院
睡前故事結束

天上的遷徙接管你的睡眠

鳥類含著自己寒冷的舌頭空腹飛行
四月
它們去吃空中的子彈
黎明前出發，急忙忙如一座
小小的車站

睡前應懸想一種抽象的熱烈
在四月的湖水深處心急如焚，看見氣球輕佻，淺吻天花板
你再也不會醒來

四月，林中芭蕉算出世界的數量
你骨骼裡小小的叛亂，齊刷刷倒向一片紛紛
鳥從空中銜下的是你
你是它們的腹中樹，我的手上手
你是兩種纏繞
是我旋轉著追趕樓梯時
不斷離去的回音

回音
世界在鳥的視覺暫留裡加加減減

雲升到頂層，現在終於能看見了
四月念出它的消息：
去鏡中取水，雨裡抽煙
一件紅色連衣裙將燒掉森林
四月
你是雨中到來的天火
你和世界無法相互撲滅

四月之二・向陽花

四月，我再也不靠想像寫詩
四月是未來的大門
我坐在屋裡，第一次從盤裡嘗到種子

四月，家鄉在外鄉生長
長途車絆倒在路上
一蹶不振。一隻輪胎獨自旅行
路面上落下一場綿長的語病

四月
植被保持低矮，樹木在空氣中做愛
城市比往常高出幾米
街上的一草一木都比我勇敢
它們光亮，溫熱，揮舞著向陽的殘疾
它們痛苦地針對著一切
起飛時從不告別

就像有人哼出一段長長的走廊
他滑到盡頭，停下
數一遍自己的指縫
摸索審訊室的鎖

一堆剎那幸福的鐵鍊醒來

一首歌傳唱著外面的太陽

門縫如劍
太陽風撞擊窗簾，窗臺上的花
一整個下午都在談論自己
新的時間掀開它，哐當打翻桌上的牛奶
一群俄國兵在荒原上被解放

四月，我的兒子在廣場上穿飛行服
他有一顆小而苦澀的心，常常害怕報名
他總是盯著別處對我說話
他想要開花
去加入一場真正的春遊

我們決定不再擁抱
只是走。他的喉嚨裡
歌詞發緊
沿著一條大路唱下去，既像害怕，也像愛
忍住大笑，忍住呼救
四月從山上下來，是最勇敢的鳥

即使在井中，天上的水也是無限的
四月是光明的天下
四月是爆炸中狂喜的廣島
是世上最亮的地方

四月之三・飛行玩具

四月只關於鳥，四月
我的房間變大，東西又小又矮
四月先是一桌靜物

孩子記不得自己用力打撈過的那一枚
四月是鳥，飛進井底擁抱我
讓我不再看天，讓手裡錢幣閃閃發亮
它是一條圍巾落在我肩上

四月，許多東西被匆匆加溫又匆匆遺忘
房間裡的家具們
還依賴著剛剛飛走的那東西
它還要去哺育無數個家庭

四月在天上飛，如果一切不曾歸位
會怎麼樣？有時候回家，像從洞穴深處
發現一種新的孵化，會怎麼樣？
手指停在開關上，四月
你站住腳
害怕數數會怎麼樣？

我們發現有人從貓眼離開
蠑螈發現蓋子打開又關上

水窪發現一隻熟悉的鞋跟
正向天空邁去

水窪沾不溼天空，沾不溼上海
我和兒子走在大爆炸的光明下
他學會了騎車，學會了唱歌
就這樣，即使走去醫院
我們也會勇敢

四月的病痛也是光明的，醫院外
圍著想要探病的樹木，四月
從它們心裡長出來
光熱和病痛，是一隻巢
那些節約著分叉的樹枝
一個個可愛的單親家庭

四月，我的兒子是一道小小的傷疤
留在牆上，比翻不動的日曆更乖巧
光陰照亮牆壁
四月的孩子不會飛走

四月，四月，我的兒子站上枝頭，他的聰明
點亮了四月的痛

給一七年夏天的木木

我們來看你，孩子
像秋風吹進城裡，蕨類在小區裡搖晃
我們，自由的有腿的，疲憊的
來看你原地不動的殘疾
你和房間一起癱瘓，薄弱得
像一片耳廓
你的目光穿過廳堂，在穿衣鏡上
拐了個彎，我們在廚房抽煙
更大一些的孩子瞎唱著歌
從外面經過，滾動著踢打著的腳板
我們
已經一整個下午
在臨時的牌堆裡矮化
玩玻璃日暑
伏倒在桌面上
我們成年人是扁平的
我們也可以像一片草坪一樣去愛
像一張左向的撲克臉那樣
持續注視這屋裡的空間
孩子
我不知道你怎麼可能變成我
我這麼大而殘缺
他們給你起樹的名字

你的爸爸，我的弟弟，咕噥著你

嗓音比你家那隻鳴笛水壺還內向

電動車拉緊閘線，微風咬住鐵絲網

咬這小區的安全線

孩子

看看你眼前的東西

你媽媽的書和你爸爸的樹

都在生長

書櫥幽暗時還在生長

你也是，經過多少次雷聲，睡眠，醒來，睡眠

你才能長出腳來走路

現在你有你的食物，我們有我們的

我們一會忽略著你

一會看著你

而你，你有你對面二樓遠行去了的鄰居

他們陽臺上神祕的籐椅

在求雨

今天，秋天遠沒有到

對於生長，今天是最遲的一天

樹冠，今夏的發電機

遠遠高過你，高過我

今天你只是一隻耳朵

爬滿生命線

今天我們要忽略你，孩子
你太慢了

寒食城小箚

1.

我們吃這座城市，吃它的一個角落
簡陋的城又大又空

所有牆壁都已入秋，玻璃懸在銀行頭頂
像白天的月亮
每一塊前世都是梳妝鏡
昏沉沉過一生
只見過胭脂，未見過浮雲

我們去吃，我們走在路上
遙遠星球飛來的光，終會落到我們碗裡

2.

我們隨風潛入城裡的一個角落
我們吃這個角落，吃得城市輕輕晃
像一棵遲暮的棗樹扶牆而眠
夢裡重又被年輕人叩打
精神一振

而
在這城裡
所有樹都穿著白褲子，自覺地
站在拐角後面，就像所有冷天抽煙的男人
都依靠淡綠如煙的牆裙

摩天大樓的眼睛裡
映著一尊白色雕像

3.

我們吃著
餐具寂寞，桌布貧窮

一切徹底漂白之前
辣是城裡人唯一的依靠
那天
一盆紅湯橫亙在我們之間
冷油皮映著天色，下午三點的車河從上面滑過

古老的合餐制：我們狼群般探向那口唯一的井
我們私生的嬰兒在裡面重生，豐饒而鮮紅
海月般升起，盛給我們，我們
嘴角流下棗子的血

4.

吃盡之前，我們坐回井底
胃袋長長如一整條迴廊

城市是一部下午場電影
對面高樓上有一支小旗，借助它
無數幀經過我們眼前

5.

這頓飯從未熱過，它生得不是時候
午餐和晚餐之間，兩個整夜交歡的人剛剛起床
在咖啡時間坐下來吃飯
吃一點漫不經心的正式

服務員從瓷匙上飄走

（前一晚我們聽過四十八條鐵軌的哭聲
聽見所有末班旅客
正彌留般睡去
將自己交付給速度和誘惑）

井中天，這座城的空隙
在流雲
餐館藏不下第三個人

6.

城裡的天空是一塊瘋狂的碼錶

工業化的辣味讓我犯困
昏聵如童年玄關的鞋
在冰上
我險些睡去
湖面突然射來寒光，紅氣球驚走一片大雁

今冬在北方，新一輪人將進入童年
新一輪的練功者
為迎接他們，公園紛紛入冬
垂柳在等待冰刀
水底在等待心臟

7.

垂柳的前世是一位法醫

8.

午後陽光空有一切
光裡，賓館的煙灰缸一陣陣回憶疼痛

扯碎了它是古老的藍玉
扯不碎就投影在地上，是我全部的星象

9.

城郊，港口是遺跡狂

10.

這城裡人人都聽說有海

家

卡車一定是海底生物，它們觸礁的時候
天還沒亮

然後第一滴淚倉皇醒來
又搶在醒來前乾透

接下來，一切正常，開始關心食物，冷暖，價格
我們有勇氣走出窗外

雖然我們不擅長求雨

市場上，一條鯽魚手腳冰涼
聆聽著盆的深處。你說

其實，在秋日冷雨中
你深深愛著地震

你抓緊布料

你動搖著。彷彿真有孩子破土而出
天陰沉下來，房間充滿暗角
被窩吐出熱氣

你肚子裡小小的陰謀
是我在做夢：

昨夜，一個小廣場上，一群年輕的芭蕉
在星光下伸長了脖子
想要望見我

夢遊神話大全

一、主神

小神

1.
有人睡覺，有人唱歌
我怕我會餓
我是個農民，我在黑色的田裡勞動
我餓了要吃

小朋友，我不知道吃什麼
白天也長，夜也長
我花一夜看一尾鯽魚慢慢扁下去
小水兵們小聲喊
打出小水花

2.
夜裡，神
離我非常近

是個小神，也是世上最大的神
有時在廚房，有時在臥室

它溫暖我的油
祝福一切圓形的東西

我希望神也能教我穿衣服
撫平河流，變成圍巾
搬來秋天，讓我走上街
小小的神
讓人冷，讓人親嘴

小神，照亮我的食物，教我吃
我希望魚睡下去
我整晚都在等它閉眼

雙神

夜裡有兩個神
一個是月亮和電力之神
一個是牆與樹梢之神

保佑我的只有它們：
夏天夜裡，電月亮祝福我們
把我們裝進檸檬色的冰塊

讓我們冬眠
也就是開著燈睡覺

牆的神在牆上，前半夜洗衣服，漂衣服
後半夜晾得滿牆都是
人的衣服

它跑下樓，站在遠遠的樹梢上
日子久了
我就知道它是啞的
它是一個啞神，它想吹哨子

柳樹涼快起來
夜不會結束

這是關燈以後的事了

魚神

魚神半夜找我

它是我廚房裡的第三位主神
夜的第三格

它不游泳已經很久了
魚的神不關心水
它被月亮的神從水中撈起
如今負責庇佑枕頭和被單
讓它們不再平整
讓床發皺，像夜裡的孤雲
小朋友
你睡著的時候，它把你叫作一條魚
使你短暫、輕快
保佑我們
明天還有流動的日子

二、眾神

天蛾仙

1）　他敲門敲窗，來了又走

2）　他走過長廊要花和我們一樣多的時間

3）　他穿得很多，帽子溫暖

4）　他前世是一封信，寫信的
　　　一個瞎子

直升機之神和飛機之神

直升機之神不是夜裡的神
它從沒出現過
但我們害怕
所以在高高的屋頂上
都點了信號燈

飛機之神是夜裡的神
它們在天上放羊，遇到月亮
就蹦過去

有飛機的夜晚是溫暖的
倒過來看
也一樣

拖拉機之神

拖拉機之神倒在地裡
我親眼見他把白花花的地刨出來
就不顧了
好像我們的大地下面
全是鹽

三、天使：海島上的Stan Getz

自Stan Getz成仙以來
今晚是我第一回見他

他穿條白褲子，抽茫茫的黑煙
自己在一間空倉庫裡哼哼

一會兒好像在說，你走吧你走吧你走吧
一會兒又好像說
你來吧你來吧你來吧

就好像柏林也有斑馬似的

我說芭蕉
他說棕櫚
我說蚊子
他說海鷗

你來吧你來吧你來吧
來吧來吧來吧

後來我問他，十年前在哪
是不是殺死過一個
叫富陽的人

你來吧來吧來吧

我的家鄉：
一隻黑色海龜

淡綠的年代

南隙／繪

烏爾克納

一個下午
大爆炸給了屋子光明
你散步回來
頭上肩上
掛滿反光的空氣
你的光明，光陰
刺上整個天花板
你阿
心裡有個水簾洞

太陽
溫暖又便宜
像蝴蝶背上的黑斑
睜著眼
卻醒不來
不
我不能失去我的房子
我的兒子還在裡面

勇敢的好孩子
在世上的水裡學游泳
告訴你
世上有雲

世上的事
從來都是這樣鋪天蓋地
告訴你
遊去它那兒
飛去它那兒
窗簾背後站著你的雲杉

多麼溫柔
在大爆炸的光中看見你
多麼漫長
像正午
群星坐在一起
瞎著眼睛
卻像個家庭

髮

就像坐在廣場中央給你理髮
也像有一天
手指伸進頭路
去裡面輕輕翻閱，認認真真
然後嘆口氣
說，年月
那些細語逐一彈起
屋裡光線也起了變化

星期天是一間租來的屋子
外面
野蠻剛剛平息
我們騎車回家
希望登上山
希望把力氣借給自行車
你說，小男孩
希望能像孩子，也能像蒲公英
日落時面向西
是一隻邊緣發光的小燈泡

環線鼓蕩著
北京忽冷忽熱

穿過西門
一團校園正在熄滅

高原揮舞你的稻田
所有腳
都站在水裡
忽冷忽熱
忽薄忽厚
忽長忽短

高速路的春天半紅半藍
是記巨大耳光
頭髮沒乾就被擊中
我聽見你在我背後偷吃下呼喊
像片火焰
向西灑淚
迎風
請一定小心
沒有敲碎一面鏡子的心
別輕易回頭

穿房過屋

1.

告訴我，房子有個洞
告訴我哪所房子
一年年氣候磅礡
從貓眼邁過

我們的貓眼
回來時她捧了一缸金魚
好痛
她在那頭咬緊電話線

告訴我哪所房子
我曾在那附近遊蕩
認清過一個個

一個拐角，水草長出來
一叢小巧家庭抒發著
浸沒著，夜裡
它被鄰居的高窗遠遠踩住

賺來微薄幾分電力
就淺淺鋪到別人腳邊

我床腳退縮
兩幢樓之間，一片溜冰場的距離
月亮在那裡獨自練習

沒人敢近窗前
我的家什退避，靠牆屏息
是那間最膽小的房子

2.

她也舒展一些下午
動彈不得的一些下午

窗簾吃滿綠風
雲影刺滿暗房
我們知道外面天高地厚

疤痕在室內成長
未來盛在玻璃裡
我是說，倘若有孩子的話
我也暫時小巧，透過器皿曬太陽
在玻璃影子裡趕幾趟來回

動彈不得的下午聽見一切

稍稍聽一場電影
一條車河無聲的魂魄
走在我們上面

倘若有孩子的話

3.

水面漂著它們
請給它們一些水草，溫暖的下午

我的塑膠孩子們，花紅柳綠
它們死了，捧捧它們
一道陽光經過它們，一片片地
折射在牆上，照亮了房間

捧捧它們的無根水
世上的水漂浮在晴朗的世上
世上到處晴朗
無根的世上窗臺熱烈

陽光熱烈，冶銅廠熱烈
山上有金色狂人

4.

也有秋梨點亮深處，也有陀螺撞翻銀子
一地街頭

往屋裡添置一面鏡子
天晚了
它讓家具自己交談
天空在它眼裡彌合

成群結隊，黑魆魆的戲曲
庭院溶溶
敵人是庭院裡溫暖的燈籠

5.

我不能讓你失去鑰匙
窄樓道
一路打鬧，好比舉火進洞
鄰居漸次醒來。不過放心
我們逃得脫的

在盡頭聽雪的
小房間磨它的牙
好痛
那間最膽小的房子
睜大眼看樺樹瘦下去
它在等我們

手指鼓脹，凍瘡和孩子
裹好它們
讓小神明照亮它們
看你睡著，看你遠離

還差一步
能不能搶到終點
我，笑不過穿堂風了
哐當作響前不要哭泣
媽媽
我們有的是食物

性夢中虛構的小雪

1.

浮冰般的郊區無窮無盡，相互碰撞
像寓言
我在裡面遊蕩，是她救了我

我們遊過一群群相聲演員
坐在光的集市上吃蝦仁
吃到腳趾冰冷，混著細小的電
我們感受速凍的美好

每個白天都是立秋
我們缺場的時候，電視在家裡反省
磁帶在陰乾，在飛揚，把政治變成波點裙，剩丁點兒潮氣
從內部感染一隻玻璃球
把冷變成甜

2.

小雪太美了，她在路燈的鎂裡飄揚
我們在小舞臺上相互生長

為你我騙了許多人
圓不上的謊話堆積如山

在焦躁的頂端，孤樹般停落著
電視螢幕默念的是你，小雪

小雪是從我身上長出的玉
你的肥厚源於我的瘦

小雪，小雪，橫亙在我之間的是你
我們是一棵樹長滿另一棵

3.

危險和甜蜜就像光和影
為了你，我不怕被觀看

我有很多條命，每天晚上
我跳到圓形的吊橋上決鬥，擊退，衝著老闆大喊大叫
看起來還有點神氣

只有逃亡才讓人放心
讓我相信你是我的

我們在鋸木廠裡拉開障礙賽，隧道越跑越矮
隨著夢的加快，你總是被蒙太奇掉

我停下來等你，回去找你，留不住你
小雪，這一切都讓我甜蜜

最後，一起用漢白玉砌成枯樹的外殼
小雪，你會變成圓形，你會變成原型
陰道的原型
是一片巨大的寬恕

兩篇

1.

不怕話說太多，不怕凌晨和河，都是一念之間的事
如果我待得更久，還會有鳥狀的是非溢出來
就好像大家不再信任屋頂的瓦片，而總有那麼一個
會更隱蔽地沸騰。

2.

飢餓能阻滯流動。也就是說
非但不是溪上扁平的叔叔，更不是胃裡齊整整的昨日

能順著相同的方向做夢
就做吧。家裡總有較泥濘的一位
既嘗過星星的尖酸，又瞞著經年的腿傷

意象輯（一）

1.

在我傷害你的地方，一個家族被秋天的涼意驚醒
新天氣回到池塘，關於緊急停運
一場會議必須開始

在市場深處買魚
在天井看一條大河倒流
在無法黎明的時刻

我們有深刻的廚房

季節聚在廚房，加油站是暗夜之花
此時不管預備什麼，都是臨時的自己

2.

廣場上一百個人做夢跳舞安靜異常

一百個廣告人做夢跳舞安靜異常

狐狸，鏡子，花楸樹
死去的活在一口煙裡

星期天，禮拜堂風雨飄搖
我不知道，細雨如病
芭蕉葉由內而外染上一種火疾

火，打開籠子裡談話的我們

他還在田野裡追逐
他還在那裡說相聲
一個口口相傳的秋天

十月了，可惜座鐘沒有一副好眼睛

3.

抓過她放開她，船被一條脊背
拱出岸邊，低矮的舒適殺進水裡
這時候
隨手漏掉的東西會記起出水的海豚

怎樣告別吸煙的生活，而繼續依賴著劃火柴的誘惑？

烏賊一閃
輕鬆解決問題

她吃飽了氫氣
她要去我們的天花板了
她要去我們的吊燈了

我放開她，我和孩子們生活在海底

必須相信四海是方的，惟其如此
才能繼續做夢

4.

黃昏裡那些面目不清的家族還要
結成小組，深入小區去探險，去欣賞鋪天蓋地的事實

樹上樹下都像有人，他們不怕

平行於燈火有無盡的來言去語
亭臺運行在水上

黑孩子，等不及長大
就要一頭撞向火車

5.布拉格

上火車的人永遠屬於火車
也許再也不會下來
秋天的運轉也靠她們維持
明年秋天還會回來
那時候我會不會在車站
像個盲人
撫摸一場熱鬧的畫展

6.

不願走過的橋不願被走過
螢光棒辛辣一時，童年祕聞
有一隻小小的推手
我知道
離開河岸的情緒高漲如水
而蝦兵蟹將縮回簷下
在電的寺廟裡
存著它們的注視

7.

一口吃掉一個春天，在午後更深的嗝中
倦然哭出六把小小的椅子
空白的座談會七竅生煙
我飢餓的妹妹
正瞧著這肥大的國家
千面神
走失的情人
六條林中路一同嚎啕

迷宮

迷宮裡我下到越來越深的高處

你開始踮腳走路，飄起，你不停地打著照面，你只有半個

你是空曠的窗簾，既在此處也在彼處，既在窗臺上撕扯藍，又從
　　迴廊盡頭

步下樓梯，空話似的舞蹈教室，水房讓年輕人更想迎娶天空，藍
　　色撕扯花莖，比電話線

還要持久還要漫長，腐味發涼，老人升起來

滑動，火化室的門打開又關上

你是我的帶路人，你就是太瘦

你只有半個，貼住我

教我認地圖，把我的食指領進小巷，門打開

又關上，你被門縫吹走，迷宮裡的觀看恰巧開始快進，雲不比一
　　口井大

雲不比我的口渴更大，夢裡旱澇保收，耳蝸發芽，那種絮語又飄
　　了回來，只是這次不是你

是一片還未得到顏色的運動場正在降噪，盡頭像一小塊冰化開

進站，進站，迷宮裡的女人，連鳥都飛了起來

北部的七

我們走了
仲介找到新房子
你搬進高塔

「節哀。」

再也沒人在你房裡抽煙了
你要學會自己取火

「如果不是床底空空，我真會養貓。」

天上有一條搬運季節的大路，細細地
調整百葉窗，你會看到它在纖維上燃燒
翹曲
你的頭髮在無人的靜電裡醒來，輕輕爆開

「每天下午，神鷹從西窗飄進，落在地毯上
如果不去妨礙它佇立，回憶，它會多邁三步
不過，終歸又是向東離開。」

海東青，它見過我的亞熱帶
就掛在你的日曆上，昨天我想起鴿子標本

洗澡時
肺裡長出了一段曲折的跳板

「我不是不會結婚，我算過星星
到時
會再請你來，我畢竟愛過你的聒噪，愛過你的無能
我家在高原，城市以軍團編號命名。」

九月了，要做足準備
我們去愛吧，在衣帽間，理髮店
去佔領淡季的燈具市場
水產天堂
我們去闖空門吧

雲掉在路上，這沒什麼
停車場還有成倍的擱淺

搖晃的是天體物理，是風鈴，是桌腿
彷彿有人在餐前偷情
塵埃晃下來，已足夠我們呼吸，釀酒，患透明的結核病

我們要是兩隻緊緊相鄰的腳趾
把一隻拖鞋舉向空中

我們可以比誰嚴肅地更久，直到天空開始清場
等裁判來劈開我們，像伐木
一起重重地栽進深處
驚起
那些踩亂的九月，冷靜，迷亂

「我絕不主動與你交談，因為那讓我感覺你
就坐在沙發上，和所有東西一起
被秋分
分成黑黃兩半。」

你啊，雲端的接線員，旋轉的吊燈
亞麻，葵花，唱片
凌晨三點，電子錶裡蕩出螢光
你的房間越具體，我越愛你

「拒絕你
是我經年的刻意
無論多麼漫長、難挨，我畢竟已從中
看出了美。」

上海

1.小朱和超超

大爆發，過渡到深夜之際
穿鞋蹦上旅店的床，心臟會持續跳動，直到越來越喜歡月亮
直到厭倦，走廊燈

新到一座城市，在它最微觀的地方
我們接到了孩子
綠色的牆裡
家長人頭攢動，像時蔬忍受著慢慢的天黑
黑暗的小廣場給人說話的慾望，他們在交流，不顧四面環水
一些鯨魚的軼事浮起來，提著小燈擱淺
他們在等待一道閘門打開，光
先出來，然後是孩子，這晶瑩的神祕食堂
黃昏裡的按需分配，我也記得那種熱火朝天
下課啦，那是潮水

我小時候也善於奔跑，我說不清，也許不像他
那孩子發明出一系列路障
他和我們保持起了距離，忽近忽遠，靠近光源時通體發黑
燈箱裡，昆蟲的腹部也是黑乎乎的，那些手
那些腳，摸上去像敲門

孩子也有沒朋友的時候，他馬上變成了剪影
摸著一路上的商店小跑，每一家都想進去
伏在店門上的壁虎
不知道玻璃，不知道自己袒露著，卻沒人觀看
只是感到有些涼，過於平滑，像突然的十月
降臨到梳妝鏡裡

2.

外面是樹，藤蔓，裡面是建築的四個胃
最大的一個轆轆作響地廢棄下來
我們自覺地挨著牆邊坐下，端正得可愛
空氣裡，報紙默默扇動，帶著目的的人匆匆經過大廳
踩上兩三個舞步馬上溜走
也許已經錯過晚餐時間了，黑暗搭著我們的肩頭侵襲而來
像一場考試，誰也不准回頭看看身邊的人
說出的話會自己蹦到舞臺中央

3.妹妹

要經歷無數次醒來才能長大
她還沒有長出男女，身體像第二個腦袋
內臟生長的速度超過身軀，只好把肚子挺出來
好像裡面還有另一個孩子

屋子明亮的時候，孩子在屋裡大聲生長
她故意讓自己失足
尖叫著掉進沙發的縫隙裡
遠在客廳的另一頭，她快樂地變小
並向我求救
被吞噬的臉笑得燦爛

我聽說她分得清裡面和外面，她熟悉雷聲
和汩汩如淚的羊水

4.聚會

誰知道他們都叫些什麼名字呢
如果商場整個斷電，我們的喧嘩還會持續
這種相互間徒勞的觸摸可不像液體
我們是各自的星星，居然告別了

5.

我需要一點廣播才能睡覺，夜車經過平原
漂白劑吹過樹林，我需要一點卡通，一點
漫不經心的笑料，最後是一點斷斷續續的
天氣預報，說大氣層裡聚集著怎樣的意圖
那時我已經昏睡了，夢裡還記掛著
一些新聞，他們會不會

山中燈

山裡明滅的也有果子，而果子早就結出過許多回
果子裡滾過聲音，接著有一會
整片山都快樂起來
聲音的親戚坐滿屋子

只有變得小如螞蟻才能拜訪它
周遊小世界
總有一個人帶我的路
每次拐彎他都險些消失，腳踵飛去像一片疾雨
在這慢慢融化的簡陋的小景
兩個人上山，兩個人下山

小如螞蟻，如童年，如被爬滿的甜食在景深裡
堅強地自處，落日照耀的邊緣急速淚化
像一場焦慮的別離：
鍋和魚，日落和臥室
一座小別墅掩在紗罩下
默默保鮮，發涼
我不知道我是在等人，還是正被等著
山頂傳來歌聲

我可以最後一個被通知天黑
朝天看看還有什麼會掉下來

然後領取一天的熱量
夜裡做夢的時候，這種暖胃的牽掛還是惴惴不安
惴惴如一隻懷中兔，一生怕掉落

果子裡滾過聲音，和從前一樣
它旋轉著，還在聯想一串聚散
送走親友，它自己打掃自己的寬敞
看天色夜裡會乾燥
山裡有火星
山成熟了也長出燈芯和油
夜空長出滿天人面

山裡我是客人，所有樹木都是主人
闖進這裡，看它們紛紛地
為自己的寒舍羞愧，晚風緊張地處理著一切
我也更加難過了

鐵雨

下雨時
星星怎麼樣

星座和星座的焊條
動搖嗎，熄滅嗎

或者沒有星星

二樓廁所，地漏
輕輕咬住瓷磚
冰涼如牙醫

星星的牙醫
睡覺嗎
酗酒嗎

芭蕉有一顆心
懸在二樓
如果沒有紗窗，它會像一匹白馬
探頭進來
來看我的地漏
如何吞沒星雲

星星落在酒裡
因為畢竟
密雨下了一整周
芭蕉有油
枇杷有酒

硬骨頭是枇杷
火焰是芭蕉
群星是枇杷的骨髓

牆頭有多高
我現在才看清
它不是白馬
是一匹認真的斑馬

它清清楚楚
知道自己背負幾道光陰

冷凍場

蜜蜂把東西放好了
睡覺時，火候就恰好
做夢的時候
還交換了一些意見
關於工廠工人
以及公交公司工人
他們的漲落、他們回家的情況

對他們來說，回家
是神聖的
對我也一樣

後來
關於一個頗有規劃的橘子
如何值夜班

公交公司的後院
很多電車停在那裡，白天
軌道進進出出
到夜裡也沒人收拾
故意給月亮看的

很像以前去的溜冰場
他們只用很少的人
收很少的硬幣
而大家都安全撤離後
一地劃痕
也不是很有歉意

六號樓

我的
三角形的房間
夏夜夏夜
橘子掀起的風暴
刮進屋來

眼睛掉進很多金子
囚徒聽廣播
病人看電視

從地圖上
讀取一場戰爭
緩慢如菌，分秒遞減的
百萬水兵，吹向百萬山海

百萬生生死死
可月光燒芭蕉
只癢了一下

南隙／繪

十月的辯證法

小心做一個很長的夢

挖到深處時，你對我說
我爸屬蛇，他喜歡開車穿過漫長的隧道

你剛才沒看見他？
他掛在樹上，像條圍巾

我屬蛇，你也該屬蛇——
你把聲音咽回去

從今天起，你說
舌頭就只是舌頭

從今天起，我想
我們再也不能交換意見了
東西只有吃下去
才是真的

只有吃掉的
才存在過

我吃掉你，才記起你
你和我一樣是中空的

我們是兩個洞，兩條隧道
而在吃的另一邊，你也會回味出我

我好像也存在過
我住過幾十年的房子
就是你
我還每天去窗口張望
以為你在外面，在遠處

後來，十月底
一連幾天
我夢見一條忸怩的閃電
我把它認成你了

一條吞吞吐吐的閃電

我看見它大笑著砸向湖面

十月底，我到底做過幾場好夢
我夢見秋天來了，萬物分門別類
我們終於不再是彼此的胃

你站在對面而不是裡面
我們把鏡子扔向湖面，看看誰會砸碎誰

我們大笑
我們把毛衣翻過來就成了兩件

醒來是不可想像的⋯

最近我每天去公園
想找找那條閃電
那兒的人都很友好
每個人都是每個人的失物招領處

可閃電是哪種型號的鑰匙呢？
空手回家的路上
我看見爸爸在樹上飄蕩，講一些溫暖的笑話

一條蛇退休了就成了樹的圍巾

好了
我們不是中空的
我們是彼此的空心

你在我裡面是我的糖
在我外面是我的房子

十月底，我的糖吃完了
房租滿天飛舞

一個人走路
最好還是留在地上

留在地幔以下
躲在被子裡討論太陽
地裡的煤就是我的糖

我還是不停反轉，走得很低
嘗過好幾條河流

十月
世界在傳送帶上學我走路

我其實根本不屬蛇
但毒藥有時甜蜜
故事也總有它的尾巴

意象輯（二）

1.

江心發黑，石頭髮白
該回家吃飯

媽媽把火從屋簷下端回屋
莖和刺
油汪汪的。蝙蝠

會飛的都被爸爸抓到桌上了
橘子，請保佑我們一家
大船小船，醬油裡航行

有人在親水平臺
談戀愛
江水對他們是沸騰的

2.「我吃飽了」

我吃飽了
我就是來和你說這句話的

我吃飽了，水壺冒著熱氣
刺蝟的靈魂
在天上發光

像刺蝟睡在針葉林

3.

下午，鳥投在天井裡的影子
越變越大

有人在午睡

底片躺在暗河
待售的銀子

4.

針葉林
在城市邊緣造雪

我們把盆栽放在窗臺
靠近暖氣

5.結局

有一天
我會走在太陽地裡
不是走，我是單車的靈魂
漂在路上
長手長腳，袖管吃風
郵差顛簸
胃袋裝滿銀子
打清脆的嗝

有一天我會嘗到自己的舌頭
說的話全錯
我會瞎
看到煤在地裡發亮
自行車，走下去
一路都是過去的種子

6.

我們吃風長大
小時候，晚飯飄在空中
水泥是我們的彈簧床

小時候我們很瘦
在衣服裡迷路

我們是正義員警
每晚朝天開槍
讓橘子不要落進世界

7.

狐狸在房頂

在家，但覺得自己
像小偷

我是一隻狐狸
溜進了
做火柴的工廠

8.

四月，我的廚房在天上飛

我的廚房，我的家庭影院
我所有的食物

我瘦下去，又胖起來
我誠實得像麵包
胖起來。或者像麵包車
我在路上跑

麵包屑被一百隻鴿子吃進胃裡
麵包車駛過廣場
現在
麵包屑漫天飛舞

9.啊再見

我們在印刷廠
偷偷生產太陽的畫像

我們是很多斷頭的後嗣
我們掉下來
蓋在森林下面，吃煤長大

我們在城裡打遊擊，在小巷裡
親女孩頭髮
跟玻璃說再見
再見，敷在鏡面上的薄水
冰涼幻影，讓我們決裂

我把我的胃都給你
我一日三餐，全是玫瑰
過去的陽具，此刻的詩，未來的屎

弄堂風緊，火車之魂
跟我們吻別
我們和太陽一起年輕了一天
把房梁插進城市
許許多多斷頭
一起上吊
啊再見，玻璃匠

10.

家裡沒人
我聽到
鴿子冰涼的扁桃體
從井中上升

紫色大海
完全陌生的全體樹木

11.

我們在廚房，湖
掛在樓背後

湖面軟下來
一支金色的游泳隊
在拼命呼吸

在本世紀末
一家人都是結巴

白湖

一家胖子在湖邊裸泳
男男女女
我知道水冰涼
他們尖叫，肉變得更白
一家人享受著慌張

時間在水裡有不同的流速
就像兩條平行的河不會
交換各自的魚
走進湖裡
才能猜到岸上的時間
岸上的人

就像我。但因為看見他們
我開始想
是他們快了，我慢了
而繞湖慢跑的人更像城市的時針
現在
太陽盲目地
逼近窄小的湖面
馬上就要落水
我有些捨不得把話想完

最遠處的胖女孩
已經遊到湖心
我忽然覺得，我比她更懂她的冷
她大笑著，央求岸上的所有人
希望脖子還是乾的
她會沉下去嗎？
只有她自己清楚

每人腳底都有一條閃電

正午的印刷術

0.引子

夜裡
一個人渾身是火
來跟我講
太陽的溫暖的腹部：

1.飛行的情況

飛行時
把自己託付給別人
別人又託付給別人

捧著你的是山谷

既空又滿
最大的遺憾
是魚是魚，鳥是鳥
水是水，空氣是空氣

風在太陽下面會越來越滿
灼傷
扒開蛋糕的肚子，流出糖漿

和螞蟻

2.近日點的情況

正午，高空
太陽印刷著一切

生產新的溫暖的世界
溫暖，廚房和開水

油墨還在報紙上隱隱發燙
使用前須耐心等待
然後咖啡，鼻翼出一些細小的汗

當代的太陽，無限分泌螞蟻
螞蟻複製螞蟻
螞蟻支配我們

3.告密者的春天

一個人渾身沒有了火
比左輪還要冷靜
我從天上落下來
躺在平原上，一個人

面對一支
口徑一致的坦克群

許多細小的，美麗的生殖器
搖晃

春天引用了很多雲

4.疤

鳥無處下蛋
它要永遠藏在肚子裡
但拒絕消化

就像，比如，
和偷來的瓷器
一起逃命
嫌它硬，怕它碎，懷揣著它，叫它孩子
孩子，逃
飛

在太陽下面，抵禦溫暖

疤會越來越飽滿

牆上

1.

人躲在烤箱裡
樹木把魂放進屋裡
烤箱裡的人
感到害怕

每臺家電都是一個宇宙
這你知道
它們靜靜享受電壓的樣子你也明白

你不知道的是
我在烤箱裡
數到了幾

2.

立秋，樓房互相疏遠
樹都瘦了
我們看得更遠

立秋拉長小區，立秋拉長小孩
立秋拉長一條狗
立秋拉長臘腸

立秋拉長一切

3.

天地廣闊了
獨居就更難

一個男孩狂吠
他剛剛贏下一場單人戰役
他尖叫起來像魚刺

飛過來，飛過來
他喊
我聽見有孩子回應他
他們飛了過去

會飛的魚刺穿梭在光裡

天空深得可怕

4.

百葉窗是我的孵化器
一周了，我想站起來
對胚胎，還是難以釋懷

有一陣子，外面走動的人
說話全換成了日語
就像
呵出氣來都很有禮貌似的

一被光看見，就汽化了
每逢立秋，能像石頭一樣
多冰冷一會
到底也不長久

5.

造房子，秋天要做的第一件事
如果已經有了房子
就要注意它的吐納
每一幢建築都是一把小號
內部是連續的

房子其實是盆景
人工湖也裁好了放在那裡，工作人員在岸邊
指揮水面拐彎
外面到處都是現代藝術

用比喻就能生活
多迷人的假東西

太平橋

新房子，空房子
房子
發明孩子
教它數數，就教它走路
教它系圍巾
就告訴它，外面，裡面
樹葉在外面，信在裡面

刺傷手指，豎起領子
藍墨汁會哭泣
新房子也會哭泣
閣樓有心腸
光在裡面是疾馳的白羊

回冷

祕密
走進森林，親切的句子
落進層層耳廓，它給你勇氣
天黑前
讓你像隻手心的雀，被慢慢捂熱，一隻水壺般溫暖
但突然尖叫起來
天

天黑得太快
也就兩三個音節，你已經開始認不出自己
裸露的地方比越南還冷，比越南的河水，越南的廚房
比越南離法國還遠

你突然記起自己少年：
秋天，火星凍傷腳骨，蚊帳洶湧地
撕扯自己的幻想
奔向陽臺和寒流
你長出渾身尖刺，驀地從床上——

祕密越來越深，越來越暴露，難以忍受
你滾動著，感到像個孩子
你感到光是一個洞
在盡頭，綠色還不是綠色，紅色還不是紅色

也許能趕在晚霞熄滅前破土而出
就像掀開被子下床
那麼簡單

如果我真的花了十年，試圖暖一張難以打動的床
腳也還是涼的，就像
荒蕪的泳池
將獨自迎接燦爛的尾聲：
水面，落葉，彼此碰撞的小天體，黏稠的引力波
它們小心翼翼，淺嘗彼此的尖酸
火速逃開後又回味無窮
一支艦隊的迷思
在蕩漾

死者的金子從座鐘裡彈出
蜻蜓墜毀，磁
向你回聲。那些祕密，你的
肘關節，膝關節，踝關節，回聲，更遠
比郵差更遠
向你沙沙作響的發育期騎去，那裡
一片小樹林有個消息
給你

祕密

泡在水裡。入秋後

洗不動的衣服開始生長，試探著，溢了出來

她垂下一絡額髮，稍事休息

「我知道你還在林子裡

太遠了，可惜叫你不到。」

一聲短嘆熟稔地

摑開枇杷的骨節，擠出氣泡和星星

我們吃飯，開家庭會議

我們永不疲倦地相互磨損，背書似地

召喚出一屋子喧騰的靜默

我們像清晨的包子

作著筋骨

桌上的對峙：

石榴冷硬，衰老的女人

卻在臉上抓緊白紙

鯽魚寬敞，醬油冰涼

瓦片在魚骨間坍塌

群星淅淅瀝瀝

大口大口的冷風四處尋找回聲

有人在樓下

關上車門。那聲音發悶
什麼被帶走了？
你像個偵探，監聽著
宇宙分分秒秒，持續沙化

彌留

我沒有去過海，它閃著
光
煙草燙過一隻貓，激動地接觸空氣
但不起身

在我面前，我自己展開著
我變遠，最薄的地方
又學我的樣子招手

我長出一張鶲的臉，盤旋
是假的也是誘惑

老人死去那天，海上的陽光像棍棒
狂敲一支梭
敲得它飛轉，但永不掉落
學學那樣的自由
鹽礦
廣場
該死的主題
我學著說，跟我來

鎖在火車裡
樹枝刮過車窗，小睡，流動的肩傷

鎖在房間裡
死去的書籍在牆上來回測光
電影在牆面升騰

火車只有笨拙的速度

而死者在海面尚有片刻小睡
我抓緊岸，清醒著
認清風向就回頭
對女人說，塑造，塑造，塑造
可是死者
越過大海，不過像看看落葉的泳池
不過像月臺上只有一人

那人的面目始終看不清
她好像只有頭髮

什麼翻滾
死者在水底
在地震的深處

九月，開始發涼的性愛

國慶日
情侶在暗房偷偷造雲
空襲警報滾過去
我們的愛躺在閣樓數天花板
金魚缸，也就是氣球的妹妹
獨自坐在窗臺。
尾鰭翻轉，逃去下一個空間
那裡，遊行的驚喜被掛進衣櫥

只有在秋天，九月以後
她把初戀晾在光裡，一隻
夾子被愛國主義感化，
咬緊亞麻，顫抖，幾乎失去風中的臨時工
親熱的時候
你從不在意那些寄人籬下的，流浪的
被氣壓漸漸掏空的。就像不在意
天窗的鴿子偷窺你洗澡，
在荒原被拐子扣醒前
先燙醒皮膚吧
你的專注讓床板發涼，讓我分心
九月是吊在床尾晃蕩的那些玻璃泡泡
它們和我的皮靴擠在一起生活，偷往革裡塞星星
打理麥地和棉，在下午把早報

捲進腋下；九月也是我的保姆

你連呼吸都交給她，卻視她不見

晚餐前

一隻愛的熔爐裡，火星的藍天被抓緊，投向深空

風把配給品塞到我手裡

那是一枚樹苗入冬前

留下的遺言：

在歌裡發酵。

不絕

跳動的，浮在鈴上的，竊喜的
細碎的，佯動的，背叛的，
火警在抽絲，從笑穴抽乾氧氣
眼睛由近到遠，星球彈跳
房間難為情地模糊起來
必須
盡力搖晃愛的肩膀
它才會漸漸顯影，
就像在親吻和觀看之間奔命
額頭是擱淺的小象，沉下去
轉過去，躲開去，捂住被角
面壁，雲，雲的大腿
一隻愛的蚊子披上紗
越變越大，夜在牆上
宇宙是粉紅的底色
兩條海浪在暗房
查看潮汐表；列車員
不，我不能不走

夜遊園

入夜後，空氣異常稚拙
同行時他說：
「我的鞋底很薄，幾乎感到地磚
那些輕輕抗爭的紋理
（甚至像女人）。」

受潮的凹槽裡，長出抽絲打卷的小蕨。
屬於一本溫馨微涼的
偵探小說的路數，緩慢的聰明，
受保護的環。為在鋪陳之際
有空磨一支銅管，凶殺
都藏匿過深。

大潮侵路，路燈用來識別
空中的水，所有勸死的音樂
都可靠得
像雨天切菜的媽媽。

南隙／繪

在波蘭，我曾和一個孩子分享智慧

我曾和一個孩子在波蘭的冬天分享智慧
法院後身的雪，靜靜吸收我的恥辱
我帶著他，
無法想像大陸在寒冷的方向上接觸海水
那時我們離北海只差一步

阻攔：雪的意義僅止於此
正是詩歌消逝的那一年
我輕輕按住他的小腦袋
令他不致急於奔向死亡

我們的家裡，綠色代碼
溫暖地成長；
一個冰窟，冒著氣泡

房間

我的房間怕看見我
也怕被照亮
十月往後，它的燈一盞一盞地失靈
下午一過三點
內部就難以回聲了
血浸在一朵綠葵花裡，開始搖晃
一條昏聵的蜥蜴，像我奶奶
放大著牆上的山川

我早就羞於請客
半夜卻能感到鄰居在空格裡跳躍
他們飛過一個個房頂
他們是月光的陪審團
窗臺上，罪人的單簧管在冰囚籠裡代他受過
世上最可憐的奉獻者是我們無言的物件

還有接漏水的盆子，蹲在房中央
滿懷歉意地數數
它告訴我：希望有海——
我整晚都在思索它的話
一個煙霧滾滾的量子擊中眼睛
我突然看清它並開始流淚

三角形的輪迴再次把石頭扔向空中

我這才想起你還在樓下避雨

手裡牽著一堆塑膠孩子

可時代在外面起飛，已經過了這麼多年

我不知還該不該去為你開門

現在，只有一盞燈沒壞

我不敢用它，摁開關的手指

變得柔軟

淡綠色的年代

那是一個淡綠色的時代——

那個秋毫翻轉的午後
為了不落灰塵，屋子裡所有的東西都蓋上了綢布
沉默的、向過去延展的藤條以及
涔涔的摒住呼吸的汗，緩緩鋪開
揉進某個莫名熟悉的牆角
那裡，我的童年是微縮的：
髮絲童年、食物童年
小腿肚上的童年
性的童年——
那是一隻收緊的棉筒襪。

茫茫的天光像魚湯一樣冒著熱氣
青煙升騰的電臺古蹟，從乾涸的游泳池內部
開始緊張的超現實幼兒園
攀爬玩具上的蟋蟀星人。
我潔癖的瘦奶奶，唾液一樣垂垂老去的
瘦奶奶，你站在一柄小銀匙上
觀看不在場的越劇演員。

淡綠色的，靜若癲癇的，古色古香的童年

往信

第一封信：季節

有時候你不在，我不得不想像另一個季節

最近村裡熱，夜色死黑，聲音遙遠
夜晚雖然也長，但總是臨時

我執意留了一盞燈
它照見我肚子上赤裸的肉是橙色的
我像一隻橘子

在另一個季節裡，你我都遠了
氣壓高得心虛
秋在深空裡，生活像是租來的

我們獨立，孤單
擁有細小的角落
我從無人知曉的商店買來三餐
回家後
從毛衣的靜電裡拆開你

第二封信：西湖

你知道嗎，病院的植物最健康
肥碩，油綠
我懷疑是它們在吸食病人的生命力

你知道嗎，回家的國道線上
村莊正被拆毀
有些瓦片落到月亮上

今晚早一些
我經過西湖
它發著財，蕩漾著
夜裡
我耳邊也有植物做的船
是你吹來的

今晚我睡眠，攀爬腳手架
發現它們是湖上一些
刺骨的荷葉柄
你知道嗎
你快來
我爬得夠高了

第三封信：雨夜

絕好的世界是這樣：
一個小區，幾名門衛
一場雨
戴著鎂的帽子

天整夜也黑不透
雨後鄰居們遊出來
個個矮得厲害
四下流落
他們是榕樹的朋友，有絳紫色的表情

東東西西，你好再見
改天請再來傷害我的百葉窗

早先，也有那麼一條
難走的雨路，也是夜裡
走不清，一個人還是兩個，大還是小
我跟她跟得太緊
一直跟到她背脊上，爬人行天橋
一隻胃裝滿風雨，傘都折了
西湖開敗了也是那樣
不過先不管
我扶扶它，你掂掂我

今天說的其實是個
二十年的故事
我說混了人稱
是你還是媽媽

第四封信：大水

大雨已經連綿六日
每天都在相同的時刻
從富陽下向杭州
這些天我已經見過許多司機
長長短短地聽說了不少道路

隔三差五，門邊放些貓糧
一天就夢見
鞦韆架孵出一窩小貓
諾亞是有的，他是浙江人
很多年前
這裡從大陸脫落，單獨漂在海上
這裡山也是破的，海也是破的
夜裡寫信
電燈也是晃的

第五封信：帽子

今天的雨來得晚些
夜裡八點
晚餐已經結束，一些輕煙
懸停在乾淨的餐桌上
他們在聊瓜子的靈魂

我把他們藏在耳鳴裡
耳道裡的小房間
叫鼓室
小口袋，我把他們揉起來
帶走

在自己的房間
我召喚出自己的魂魄
夜雨巨大像一場電影
關掉燈
才顯現出來
房，樹，小汽車
一切都戴著帽子
一直到遠處

有一天
我會送你一頂那樣的帽子
有一天。今天我被困住了
幾十年的大雨水，夜裡
它們和山相互驅逐

第六封信：工作

我要去工作了，也許去雨裡當個郵差

下班後

再從雨裡回到郵局

你可能知道，郵局底層一般是些水泥倉庫

我從一個橋洞走進它的陰涼

它的巨柱和祕道

我把雨水帶進最深處

那兒有些信，不多

因為大家也不怎麼寫信了

我會有一張飯卡，在食堂吃飯

用塑膠餐具，飯後洗臉

郵差三三兩兩

我不熟悉他們

只知道他們也和我一樣靜止

生活著

順便等待一個時代結束

會有好幾次，我想去問他們

有沒有見過

我寫給你的那些信

南隙／繪

第七封信：家庭影院

知道嗎，昨夜我年輕了十歲
整個家都隨之斷電

颱風來了
雷暴在山谷另一則斷裂
許多慘白的小房子
被點了名

大人和植物在客廳靜靜交織
沒人點一支蠟燭
父親，母親
我溫柔的焊工
臉上閃電淋灑
一對林鴞般篤定

大樹也許倒下
瀑布也許倒下

我們有遙遠的觀眾席
我們安全

後來我想，那時
他們也許商量了什麼

因為後來

許多事都變了

可那晚我毫無察覺。我安全

我睡在颱風

黑暗的肚子上

第八封信：塔

你好啊，今晚我不在家
昨天差點以為
不會有信給你了

今晚爸爸和我在杭州
付了五百塊
我們睡在高高的風上

天上什麼都沒有
地上的光小了
高處
聲音簡單許多

我們走來這高處
並排走，沒有很多話
他今天瘦小，溫柔
我聽見他讓被窩鬆動了一下
今天他很累
不知道還會累多久

你好呀，可是今天我蓋雪白的被
相信一切高昂

躺在風上
像個船長

第九封信：獅

這幾天，老樣子
夜還是黑得難受
牙也難受

蟲聲都聚到一個水塘去了
那裡有能量，我想
也許該去看看

前一天停水
我們舉家上山
去溪檻取水，擦身
是傍晚
三個村民
臉孔藍得含糊
茫茫地徘徊在水面

山凹陷著，卻像是
要把我們送給天空
從這個山頭到那個
陰性的獅子
對我說話

送你去乾淨的水邊
和無法通電的藍

第十封信：今天的風和雲都是愛的刀片

今夜是小風的一日
親愛的

今天的風和雲都是愛的刀片
大雨死後
它們撕開了面貌

今天是瘟疫被洗透的一日
今天是小火車鳴叫著碾過瘟疫的一日一夜
空中有座飛翔的車站
今天不需要預警

今夜是河馬的脂肪甜蜜涼爽
今夜是鱷魚的戀情默默翻滾
今夜是兩條蛇偷偷討論太陽

今夜不是迎來和送往
今夜是我離開親人
但攀上天空又後滾翻，前滾翻
今夜
我還要殺回來

第十一封信：麥當勞之心

平原上有種呼應
很遠的地方在下雨，這裡看來
不過一場無聲電影

你知道的
昨夜我賣了房子，今天下午睡在火車上
入夜前
就能找到你

鐵道旁，麥當勞之心
高高在上
我們什麼時候停下來給霓虹擦一擦雨呢？
你看，它白天多委屈
頭頂積雲
替我們監視雷電
──我是想說
它便宜，權宜
浪費著溫暖
只有卡車司機的兒子懂它的愛

雨就要下過來啦
胃裡也一團涼意
入夜還要七個小時

現在
我會餓著肚子入睡
期盼一片油炸的滿月

第十二封信：秋石

高架，高架
我們會飛
至少有一雙年長的手會
要麼你睡著了
在後座閃爍
回想
它們是敵是友？
高而正直，卻不是衛兵
輕巧，羽化
依次回憶蒲公英
起飛的優先權
你是哪一個？
最後的，最年輕
死去卻是一模一樣

你的鼻尖，隧道和鯊魚鰭
現在
汽車由他們掌握著
他們疲憊但識途
你害怕
但輕巧

第十三封信：螞蟻搬家之歌

秋天要來了
洪水要來了
很多東西會不會保不住

以前我是樹
現在我最好砍伐自己
做成一棟房子
貯藏火，油，食品和技藝
我想讓你依然快樂、乾爽
享受被圍困的樂趣

秋天要來了
一萬條運河要佔領世界了
鰻魚在湖底避雨
我們在廚房撫摸蘿蔔
燉鍋裡的眼睛
也不難過了

我們要趕緊天黑
趕在秋天之前
要它有顆剝啄的心
卻只能聽見

南隙／繪

第十四封信：917

一天下午，走廊洞穿大樓
雲的謎面是室內
是可以走進去的

進來，他說，拉開鐵門
我忙往走廊盡頭再瞥一眼
有個人吹不好薩克斯
不知住幾零幾

世上有遠的光，也有近的光

雲雀是朋友，走進去是涼的
雲
扁平乃至開闊
早在大廈的前世，毛坯樓時期，就在混凝土裡徘徊
走進走出
天氣好的時候
雲洞穿大樓

天氣好的時候，是有一種優美
在高原
白天也有一半屬於月亮
或者說，月球

打通了晴天的影子
同理，吹管樂器
它洞穿自己，一邊看天
一邊調理自己
內部的溼度

現在是週四，下午三點
那個吹薩克斯的，他說
不是孩子，也不是青年

一進了屋就不涼了
我們坐在橘子色的單身公寓裡談天
他說
一開始那人哆來咪都不會
現在這樣
他還不錯

走廊裡，八十年代的粵語歌
銅管樂器調理著自己

雲洞穿著我們和茶

薩克斯是件優美的樂器
一隻連通天地的胃，卻什麼也不消化
我想
我們也不要依戀心腸

這天，一切都還過得去
雲雀有雲雀的波長
電燈有電燈的
這是小巧的一天
也是了不起的一天
你好啊
希望你也有個友好的下午

第十五封信：過境

去年夏天，有一段日子
寫了很多信
颱風離開杭州
像什麼事都沒發生
天後來更晴了
藍得像一條牛仔褲

強壯的雲
蓋住一會太陽
雲的背面發亮
冰涼如鉛

那時我們坐在醫院深處
感到世界忽明忽暗

走廊上有些人走來走去
他呼吸勻稱
像匹斑馬
整天研究那些明暗

颱風從海上來
擊穿杭州，留下一個藍洞

去年夏天我想過航海的事
不過誰也沒告訴

那是一段好光景
後來颱風走了，大陸也沒有脫落
浙江還在地上
在強壯的藍下面
一根針的夢想
也閃閃發光
那時你站在彼岸，像個偉人
向我招手

語言文學類　PG2580　秀詩人85

果林夜話

作　　　者／南　隙
責任編輯／石書豪
圖文排版／楊家齊
封面設計／南　隙
封面完稿／劉肇昇

發　行　人／宋政坤
法律顧問／毛國樑　律師
出版發行／秀威資訊科技股份有限公司
　　　　　114台北市內湖區瑞光路76巷65號1樓
　　　　　電話：+886-2-2796-3638　傳真：+886-2-2796-1377
　　　　　http://www.showwe.com.tw
劃撥帳號／19563868　戶名：秀威資訊科技股份有限公司
　　　　　讀者服務信箱：service@showwe.com.tw
展售門市／國家書店（松江門市）
　　　　　104台北市中山區松江路209號1樓
　　　　　電話：+886-2-2518-0207　傳真：+886-2-2518-0778
網路訂購／秀威網路書店：https://store.showwe.tw
　　　　　國家網路書店：https://www.govbooks.com.tw

2021年10月　BOD一版
定價：280元
版權所有　翻印必究
本書如有缺頁、破損或裝訂錯誤，請寄回更換

Copyright©2021 by Showwe Information Co., Ltd.
Printed in Taiwan
All Rights Reserved

讀者回函卡

國家圖書館出版品預行編目

果林夜話 / 南隙作. -- 一版. -- 臺北市：秀威資
訊科技股份有限公司, 2021.10
　　　面；　公分. -- (語言文學類；PG2580)
(秀詩人；85)
　BOD版
　ISBN 978-986-326-920-5(平裝)

851.4　　　　　　　　　　　　110009222